VANESSA SIQUEIRA

CAMPEONATO DAS EMOÇÕES

ILUSTRAÇÕES:
GABRIELA BRAZ

Literare Books
INTERNATIONAL
BRASIL · EUROPA · USA · JAPÃO

Olá! Eu me chamo Gabriel.

Se você está por aqui, é porque se identificou comigo, não é? Ah, nós amamos futebol e é o que fazemos todos os dias.

Nossa vida é uma gangorra em que equilibramos as atividades da escola, os treinos, os jogos e os campeonatos de futebol que rolam o ano inteiro.

Eu não sei se existe algo mais divertido que jogar bola, driblar...

Fazer goooollll

Ouvir a torcida cantar o hino do nosso clube.

Você também deve viver todas essas emoções desde pequenininho, como eu!

No meu clube, além de cuidarem do nosso preparo físico, cuidam também das nossas emoções. No seu clube também é assim? Não?

Então eu vou explicar como é isso... No início, também achei meio confuso ficar falando das minhas emoções, mas a tia das emoções me ajudou a descobrir que cuidar do que eu sinto melhora ainda mais o meu rendimento nas partidas.

Essa tia é demais! Ela nos contou que as emoções são experiências que ocorrem espontaneamente, sem que tenhamos controle sobre elas, da mesma maneira que surgem a sensação de fome, a sede ou até mesmo a vontade de fazer xixi.

Não conseguimos controlar quando a raiva ou o medo vêm nos visitar, mas podemos conhecer como se expressam em nós e podemos cuidar das nossas reações frente a eles.

E quer saber? Já senti muitas emoções diferentes: medo, raiva, tristeza, nojo, alegria e amor.

Percebi que já as senti não só nos jogos, mas também na escola, em casa, no ônibus, na rua e por todos os lugares que já passei.

Ah, mas a emoção mais eletrizante é aquela que sinto quando faço aquele gooool!!!

Eu vibro muito!!!

É muita alegria.

E você? Lembrou um momento em que sentiu muita alegria?

Então me conte aqui?

Descobri nas aulas da tia das emoções que, quando a emoção alegria me visita, desperta em mim um tantão de sentimentos assim:

Sinto satisfação de ser quem eu sou; sinto alegria de estar com as pessoas; sinto satisfação de fazer o que faço; sou referência afetiva na vida dos meus colegas e muito mais...

 Descubra outras palavras que você pode usar para expressar alegria.

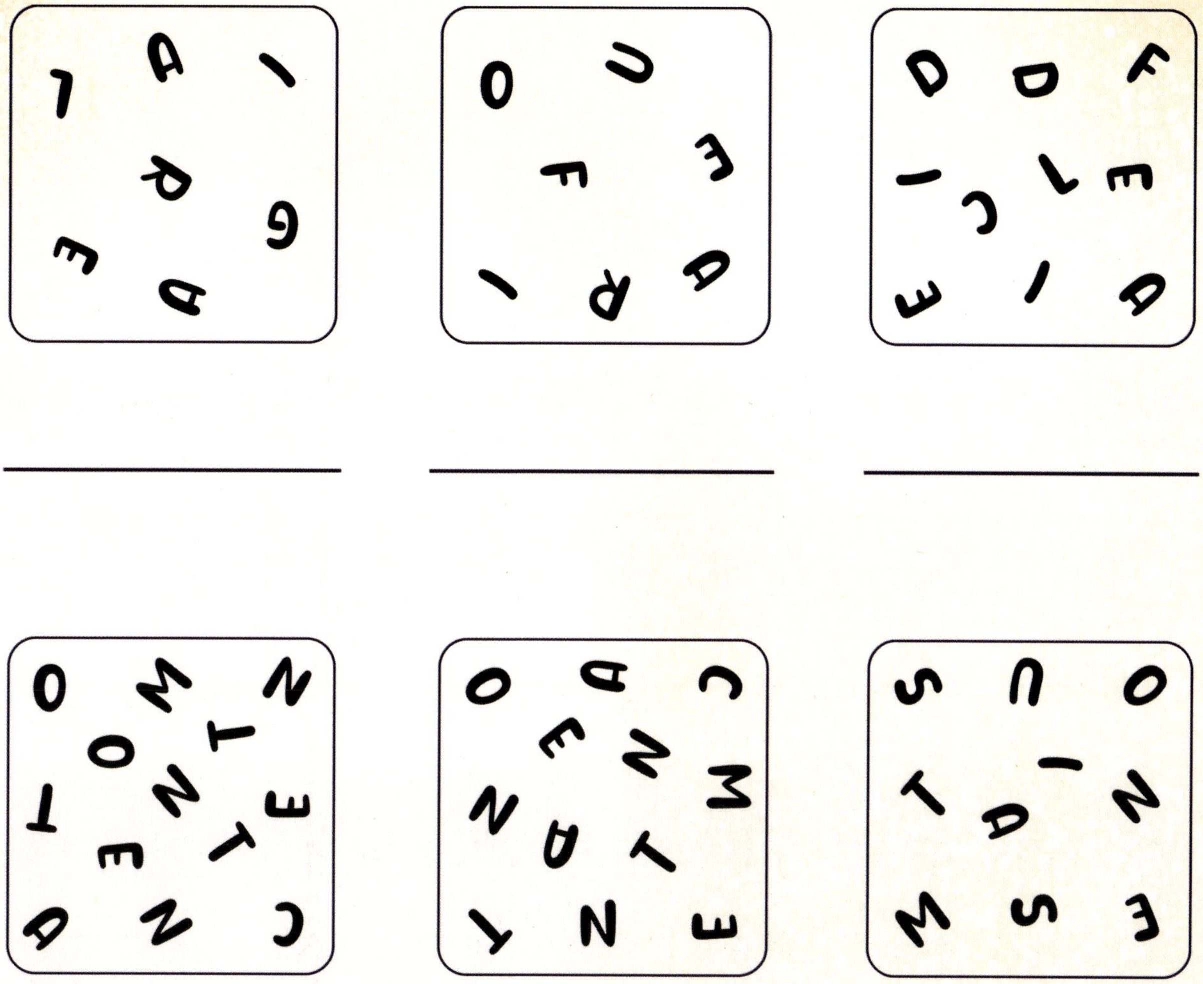

ALEGRIA   EUFORIA   FELICIDADE

_____   _____   _____

ENCANTAMENTO   CONTENTAMENTO   ENTUSIASMO

_____   _____   _____

RESP.: ALEGRIA, EUFORIA, FELICIDADE, CONTENTAMENTO, ENCANTAMENTO, ENTUSIASMO

Mas nem sempre alegria é a emoção que estamos sentindo.

No dia que a tia das emoções falou da emoção medo, me deu até um frio na barriga.

Ela nos contou o que sentimos quando a emoção medo vem nos visitar.

Temos medo de perder; temos medo de que algo ruim aconteça; temos medo de abandono.

Ela explicou também que, quando sentimos ansiedade, temor, pavor, vergonha e preocupação, a emoção medo é ativada para nos ajudar a passar por essa tempestade.

Esta é uma emoção importante, hein! Agora que nós a conhecemos, vai ser muito mais fácil lidar com ela.

Falando nisso, no nosso último jogo, tivemos que encarar um dos times mais fortes do campeonato, e chegou a bater até aquela vontade de desistir.

Mas a tia das emoções nos ensinou um exercício poderoso para nos acalmarmos e vencermos o nosso medo nessas horas. Tente comigo? Vamos lá!

Inspire o ar contando até 3. Isso... Agora, segure o ar contando até 3.

Depois, solte o ar lentamente contando até 6.

Agora, vamos repetir do início até nos sentirmos mais calmos.

Esse exercício deu muito certo.

Ficamos mais concentrados, determinados e, com muito mais coragem, fomos para o jogo e ganhamos.

E você, já teve algum medo? Medo de escuro, medo de algum bicho, medo de ficar sozinho?

Que tal, da próxima vez que sentir medo, tentar fazer o exercício que a tia das emoções ensinou?

No dia que a tia nos apresentou a emoção raiva, na mesma hora a Luiza falou que era o que ela mais havia sentido no ano passado.

Ela sentia muuuita raiva porque sempre ficava no banco de reservas e porque também ouvia piadinhas dos colegas e times adversários.

A tia das emoções nos ensinou, também, outros nomes para esta emoção:

Ó _ _ O

_ R _ I _ _ ÇÃO

FÚ _ I _

I _ A

RESP: ÓDIO, IRRITAÇÃO, FÚRIA, IRA.

Graças aos encontros com a tia das emoções, Luiza aprendeu a lidar muito bem com todo esse turbilhão de raiva que, por vezes, sentia.

Aprendeu a reconhecer seu valor e, com isso, entendeu que não devia dar ouvidos às ofensas que, infelizmente, recebia.

Sabe o que mais? Luiza descobriu que, para conseguir ser titular no time, podia treinar mais e mostrar todo o seu talento.

E acredite, ela conseguiu! Agora, ela se dá superbem com os colegas, sabe como enfrentar as piadinhas dos times adversários e virou titular do time!

Nossa, essa coisa de falar de emoção funciona mesmo, não é? A gente aprende tanto! Depois que Luiza nos ensinou com o exemplo dela, ficou bem mais fácil entender e lidar com a emoção raiva quando ela aparece.

Agora, Luiza e eu queremos saber de você. Conta quando sentiu muita raiva e como lidou com essa emoção?

Conversou com seus pais ou seus professores sobre o que estava sentindo no momento?

Conte pra gente?

Xii, e lá vem a tristeza!

Quando a tia das emoções começou a nos contar sobre esta emoção, o time todo falou logo que a maior tristeza é perder uma partida de futebol.

A tia, então, pediu para cada um dizer como se sentia quando perdiam a partida. E foi aquela confusão: todos falando juntos! Para organizar, a tia falou que só podia falar aquele que estivesse com a bola nas mãos.

O primeiro da rodada falou que ficava com baixo astral, o segundo falou que o sentimento era uma baita decepção e, assim, a bola foi passando de mão em mão e as palavras foram surgindo: frustração, culpa, infelicidade e desmotivação.

Nesse dia, nosso goleiro, Murilo, contou que estava muito triste porque não defendeu as bolas, e estava se sentindo culpado pela derrota.

Você também já se sentiu assim? Com quem conversou?

A tia validou as emoções e mais uma vez explicou que sentiremos a emoção tristeza ainda muitas vezes, mas que tínhamos que buscar na memória os momentos em que goleamos, ganhamos e fomos perfeitos nas jogadas.

Ela nos disse que, assim, conseguiríamos ficar mais fortes e confiantes em nosso potencial, até porque ainda teríamos muitas rodadas do campeonato pela frente.

Poxa, ainda bem que, em nosso clube, temos a tia das emoções, que cuida da nossa caixinha das emoções e conversa com os nossos pais também.

Campeonato você sabe como é, né?

Vamos a todos os lugares. Nossos adversários nos visitam e visitamos o clube deles também. Cada rodada acontece em um lugar.

Uma pena, mas nem todos os clubes são bem cuidados como o nosso. O banheiro, eca! Sem água, vem aquela náusea, aquela repulsa.

A tia das emoções nos explicou que sentir nojo é normal e é uma boa defesa que temos em nosso organismo.

Com a ajuda da tia, aprendemos que, quando não podemos resolver algo que é muito maior que nós, precisamos ter empatia e muita flexibilidade para não nos deixarmos abalar.

Estaremos prontos para jogar uma boa partida, mesmo que, para isso, tenhamos que ter na mochila um pregador para usarmos no nariz ao irmos ao banheiro.

Luiz logo falou: "E do amor? Quando falaremos sobre esta emoção?".

A tia das emoções abriu aquele sorriso e falou que seria naquele momento. Cada um foi convidado para pensar em um momento em que sentiu mais amor no coração.

Todos disseram que era quando, ao terminarem as partidas, ganhando ou não, recebiam aquele abraço apertado das pessoas que mais amavam. Para eles, dentro desse abraço, o amor transbordava.

Ali, dentro daquele abraço, os pequenos atletas se sentiam protegidos, amparados, acolhidos e amados.

E você, com toda emoção desse momento, lembrou alguma situação que fez seu coração se encher de amor?

Que tal escrever ou fazer um lindo desenho aqui?

Quantas emoções, hein? Ufa, agora vou ter que dar tchau, porque, daqui a pouco, vai começar o meu jogo, e preciso me preparar.

Valeu por conversar comigo até aqui. Espero que você também tenha aprendido muito sobre as emoções.

Antes de partir, tenho uma missão para você, que agora também é um especialista em emoções.

Converse com todos os seus amigos sobre o que você aprendeu e ajude a espalhar esse conhecimento que pode ajudá-los também.

Lembre-se sempre: é muito bom falar sobre as emoções e sobre como nos sentimos. Assim, vamos crescendo mais saudáveis e mais preparados para lidar com as surpresas da vida.

Até um próximo encontro! Tchau!

© LITERARE BOOKS INTERNATIONAL LTDA, **2023.**
Todos os direitos desta edição são reservados à Literare Books International Ltda.

PRESIDENTE
Mauricio Sita

VICE-PRESIDENTE
Alessandra Ksenhuck

CHIEF PRODUCT OFFICER
Julyana Rosa

CHIEF SALES OFFICER
Claudia Pires

CONSULTORA DE PROJETOS
Amanda Dias

SUPERVISÃO EDITORIAL
Enrico Giglio de Oliveira

EDIÇÃO E DIAGRAMAÇÃO
Luis Gustavo da Silva Barboza

ILUSTRAÇÕES E CAPA
Gabriela Braz

REVISÃO
Ivani Rezende

IMPRESSÃO
Trust

Dados Internacionais de Catalogação na Publicação (CIP)
(eDOC BRASIL, Belo Horizonte/MG)

S618c Siqueira, Vanessa.
      Campeonato das emoções / Vanessa Siqueira; ilustradora
Gabriela Braz. – São Paulo, SP: Literare Books International, 2023.
      32 p. : il. ; 20 x 25 cm

      ISBN 978-65-5922-693-1

      1. Ficção brasileira. 2. Literatura infantojuvenil. I. Braz, Gabriela.
II. Título.
                                                  CDD 028.5

Elaborado por Maurício Amormino Júnior – CRB6/2422

LITERARE BOOKS INTERNATIONAL LTDA.
Rua Alameda dos Guatás, 102
Vila da Saúde — São Paulo, SP. CEP 04053-040
+55 11 2659-0968 | www.literarebooks.com.br
contato@literarebooks.com.br